U0584135

狐狸大侦探系列

美尼斯的匕首

〔英〕亚当·弗罗斯特 著

〔英〕艾米莉·福克斯 绘

张法云 译

人民文学出版社

PEOPLE'S LITERATURE PUBLISHING HOUSE

著作权合同登记：图字 01-2023-1436 号

Author：Adam Frost, Illustrator：Emily Fox
Title：A Dash of Poison

TEXT COPYRIGHT © ADAM FROST，2017
ILLUSTRATIONS COPYRIGHT © EMILY FOX，2017
Published under licence from Penguin Books Ltd. Penguin(企鹅)
and the Penguin logo are trademarks of Penguin Books Ltd.
First published in Great Britain 2017 by Little Tiger, an imprint of
Little Tiger Press Limited.

图书在版编目(CIP)数据

美尼斯的匕首 / （英）亚当·弗罗斯特著 ； （英）艾
米莉·福克斯绘 ； 张法云译. -- 北京 ： 人民文学出版
社，2024. --(狐狸大侦探系列). -- ISBN 978-7-02
-018717-1

Ⅰ. I561. 84
中国国家版本馆 CIP 数据核字第 2024HN2364 号

责任编辑　卜艳冰　杨　芹
装帧设计　李苗苗

出版发行　**人民文学出版社**
社　　址　**北京市朝内大街 166 号**
邮政编码　**100705**

印　　制　**山东新华印务有限公司**
经　　销　**全国新华书店等**

字　　数　**63 千字**
开　　本　**787 毫米×1092 毫米　1/32**
印　　张　**4**
版　　次　**2024 年 7 月北京第 1 版**
印　　次　**2024 年 7 月第 1 次印刷**

书　　号　**978-7-02-018717-1**
定　　价　**29.00 元**

谨以此书献给罗伯特、莱恩和大卫。

——亚当·弗罗斯特

谨以此书献给贝琪·福克斯。

——艾米莉·福克斯

目录

木乃伊的诅咒

狐狸威利是世界上最伟大的侦探，他现在正在伦敦大英博物馆内，查看埃及木乃伊展。展品中有猫、狗、猴子和猎鹰的木乃伊——全都用绷带包裹得严严实实的。

平时展厅内游客如织，而眼下空空如也。现在是上午8点，博物馆还没开门，威利是去见埃及考古学者水牛巴兹尔的。

威利仔细观察那些木乃伊时，有个声音从他身后传来：

"如果我是你，就不会靠那么近。"

威利转身，看见一位清洁女工——一只喜笑

颜开的浣熊，她头上扎着一条围巾，手里拿着一
个大鸡毛掸子。

"有何不可？"威利问。

"它们被诅咒了。"浣熊说。

"对。"威利微笑着说道。

他移步至下一个展柜，并朝里面看。

"那些也被诅咒了。"浣熊说道。

"好吧。"威利说着，走向另一件展品。

"还是被诅咒了。"浣熊说。

"好吧……"威利说，"这些展品中有没有没被诅咒的？"

"唔……"浣熊说，"这一批是安全的。"她指向身后的一个展柜，"不过你就待在这一头，那一头有一个护身符，非常可疑。"

"你为什么会觉得这里所有东西都被诅咒了？"威利问。

"因为这些展出的动物都死得很蹊跷。"

"真的吗？"威利说着，扬起了一侧的眉毛。

浣熊开始清洁另一个展柜。

"我发现，"威利说，"你看起来并不担心那些诅咒，你在清洁所有展柜。"

"啊，是的，"浣熊说道，"原因就在这里。"她指了指自己脖子上戴着的一堆项链和吊坠。"它们能抵御恶灵，"她说，"告诉你吧，拿着它，你就可以想看哪个就看哪个了。"

她取下其中一条项链递给威利，不过威利抬手婉拒。"不用，你自己留着吧。"

威利不相信有诅咒这回事。每当动物离奇死亡，背后总是有原因的。这个谜团可能会像裹着绷带的木乃伊一样被缠得紧紧的，但如果你不停地拉扯绷带，就总能解开它。

十分钟后，一名保安将威利带进了水牛巴兹尔的办公室。办公室里放满了埃及花瓶和雕像。一头矮胖的水牛站了起来，激动地与威利握手。他的毛呈土灰色，头上架着三副眼镜。

"非常感谢你答应见我，"巴兹尔说道，"请坐吧。"

"听起来事情很紧急。"威利说着坐了下来。

巴兹尔点点头:"是的,我需要你帮我找到一把刀。"

"一把刀?"威利问道,"你有没有打开刀叉餐具抽屉找过?"

"好吧,与其说是刀,更应该说是匕首。"巴兹尔微笑着说道,同时在他桌上的电脑里输入了

一些内容。投影仪在墙上投出了一张照片。照片
显示了一块石头碎片，上面刻着象形文字。

"狐狸先生，你知道这些字是什么意思吗?"
巴兹尔一边问，一边快速将其中一副眼镜拉到鼻
梁上。

　　威利眯起眼看着那些文字。"我能认出其中一些符号，但这很难辨认。"

　　"没错，"巴兹尔说，"此物我们已经收藏了两百年。但由于大部分象形文字已经磨损，没有专家能看懂上面的铭文。每隔几年，我们就会派一名年轻的研究员去研究这些铭文，看看他们是否能够破译出来。你猜怎么着？上个月，一位非常聪明的年轻田鼠把它破译出来了。她使用了一些巧妙的计算机程序，具体我也不太懂。现在，我们知道这些象形文字的意思了。"他敲击键盘，墙上的图片随之切换。

找到狮子的身体，继续向前走。
我的武器沉睡于沙漠之床。
悄无声息，进行上百万次切割，
由内向外，切碎你的内脏。

美尼斯

"找到狮子的身体?"威利大声说道,"埃及不是有一座巨大的狮身雕像吗?"

"是的!"巴兹尔说,"就在吉萨金字塔群的附近,叫作斯芬克斯。"

"你觉得那里藏着一把匕首?"威利问。

"是的,斯芬克斯北面有一条壕沟,还未经发掘。我敢肯定它就在那里。"

"好吧……美尼斯是谁?"威利问。

"他是最早的法老之一,"巴兹尔说,"而且还是一位伟大的军事统帅,他曾经克服万难,赢得了战争胜利。在所有关于他的传说中,他的手里都拿着一把匕首,但是直到现在,我们才知道这是真的。"

"所以,你认为这个谜语指明了那把匕首的位置?"

"我想是的,"巴兹尔回答道,"谜语里说:'悄无声息,进行上百万次切割。'你不觉得这听起来像匕首吗?"

"也许吧,"威利一边说,一边摸着自己的下巴,"那你为什么不去埃及把它挖出来呢?"

巴兹尔伸出一条腿,露出了脚上的石膏。"我哪儿也去不了。你知道,象形文字已被破译的消息是顶级机密,但是,就在两天前,我犯了个大错。我把这消息告诉了我的母亲。你知道,我只是太兴奋了。事后我让她发誓保守秘密,但她忍不住告诉了她的老朋友——驴子戴安娜。"

"那有什么问题呢?"

"你看,这是她的儿子。"巴兹尔再次敲击电脑,屏幕上出现了一头驴子的图片。"这是驴子道格,"他解释道,"我们从学生时代起,就一直是竞争对手,但是我们走上了截然不同的道路。我把我找到的文物都交给了博物馆和美术馆,但是道格把他找到的文物都卖了出去,谁出价高

谁得。"

"你的意思是，他是一名古董商？"

"恐怕比那更糟。他会不择手段寻找文物，不惜非法倒卖。他坑蒙拐骗，然后将他的宝藏卖给富翁，"巴兹尔叹气道，"道格变成了一个怪物。"

"我也曾有一个那样的朋友。"威利说。在侦探学校的时候，克拉拉一直是班上的尖子生，但是一年前，她不惜毁灭世界，也要把大型鱼雷的设计图伪装成艺术品卖掉，威利在最后关头阻止了她。

"老朋友往往能成为最强劲的对手，"威利补充道，"你为什么会觉得道格的母亲将事情告诉他了？"

"我们的母亲历来如此。我母亲总是喋喋不休地告诉我道格买了一艘游艇或者一架私人飞机。我一直跟她说道格是个罪犯，但她说我就是嫉妒。还有这个。"他指了指自己受伤的脚。

"昨天我被神秘闯入者推倒、击昏，我的公文包也被拿走了。包里有关于那个谜语的笔记。"

"你看到是道格干的?"

"没有,但这就是他的风格,没错。还有谁会这样做呢?"

"你的外套还在吗? 或者有罪犯可能碰过的任何东西?"

"在的。"巴兹尔一边说道,一边从挂钩上拿下一件棕色大外套。

威利将外套放到鼻子前闻了闻。"上面有一股驴子的味道。我的助手艾伯特会仔细检查的。"

巴兹尔点点头。

"最后一个问题,"威利说,"你为什么不告诉警察?"

"道格太聪明了,能骗过警察。"巴兹尔说,"他这一生都在违法乱纪,然后总能逃之夭夭。"他抓住威利的一只爪子,"告诉我,你会接下这个案件的,狐狸先生。我知道你能帮我找到匕首,不让它落入道格之手。它属于这里,属于博物馆,而不应该成为某个亿万富翁的私人收藏。"

威利抽出他的爪子，说道："这个案件我接了。"

"太好了！"巴兹尔拍着手，身体上下抖动，头上的三副眼镜"吧嗒吧嗒"地掉到了他的桌子上。然后，他递给威利一张纸。"这是一张吉萨的地图。我在最有可能藏有匕首的位置画了个'十'字。"

"好的，"威利边说，边将地图放进口袋，"我最好这就去阻止道格。"

艾伯特的飞毯

威利回到他的办公室，立
即顺着秘密消防杆下滑，来到
了鼹鼠艾伯特的地下实验室。
威利给艾伯特打过电话，大致说了
下这个案件，现在他需要和艾伯特讨论
一下接下来怎么做。

"这就是那个谜语。"威利说道。

他将那张写着谜语的纸条递给艾伯特。

"哇哦,"艾伯特说,"我知道那块古老的石头,但我不知道那些文字已经被破译了。"

"所以,我要去埃及找到这个武器,以免它落入坏人之手。"威利继续说,"巴兹尔认为那是一把匕首。"

"啊,是的,"艾伯特说,"美尼斯的那把著名的匕首。不过,你好像并不相信。"

"好吧,我不想伤害那个老家伙的感情。"威利说,"但这明显有可疑之处,不是吗?'进行上百万次切割''切碎你的内脏',这可能是一把匕首,但谜语里说的,不应该是威力比匕首更大的东西吗?"

"那你觉得是什么?"艾伯特问。

"我还不确定。"威利说,"但是'由内向外'的说法,让我很困扰。"

"你要小心点儿,威利——大多数埃及宝藏上都有强大的诅咒作为保护。"

"诅咒!"威利喊道,"我已经从那个博物馆清洁工那里听到过这些废话!"

"在维多利亚时期,有几十位探险家去参观了金字塔。"艾伯特说,"不久之后,这些探险家几乎都去世了。也许那下面有什么活物。"他不寒而栗地说。

"金字塔里除了屎壳郎,没有别的生物。"威利说,"你去查一下,是谁偷走了巴兹尔的公文包。他认为是驴子道格干的。"威利把水牛的外套给了艾伯特。"看看你能从上面找到什么线索。"他说,"我找到了驴子气味的痕迹,除此之外,希望还有别的东西。"

"好的。"艾伯特说。

"尽可能查到关于道格的一切。"威利补充道,"我得走了,那个罪犯已经出发一天了。"

"好吧,有个新的工具,它可能会助你一臂之力。"艾伯特说着,从凳子上跳下来,走向实验室的另一边。他指着一大块印花地毯。"你觉得怎么样?"他骄傲地笑着问道。

"很好啊,"威利嘟哝道,"和壁纸很匹配。那个新工具在哪儿?"

艾伯特把手指放进嘴里,吹响了一声口哨。地毯应声从地上升起,在鼹鼠艾伯特的面前盘旋。

艾伯特说:"这是用可拉伸金属做成的,既坚

固又柔韧。它的最高时速可达 593 英里[①]。"

"飞毯!"威利喊道。

"基本正确,"艾伯特说,"它一次最多能承载两个动物。我设置了程序,它能识别你和我的口哨声。你可以对着顶端的传感器说出你的目的地,也可以通过飞毯角上的流苏手动操纵。拍两下手,就可以把它折叠起来。"

威利跳了上去。飞毯先是微微下沉,然后又飘了起来,并在适应威利体重的过程中轻轻摇晃。

"潇洒地飞向尼罗河。"他低声说道。

"把这个也带上,"艾伯特说着,递给威利一个小黑盒,"这是探险家救生包。"

威利打开盖子,看到了一些绷带、《象形文字高级指南》和一小瓶绿色液体。

"这是一种解药,"艾伯特指着小瓶说,"能对抗所有已知的蛇毒。但尽量不要去招惹蛇。"

---

① 1英里约等于1.6千米。

"如果他们不招惹我，我就不会去惹他们，"威利说，"到了埃及，我给你打电话。"

威利抓紧飞毯，对着上面的传感器说："埃及吉萨。"飞毯呼啸着穿过实验室，顺着井道长长的消防杆向上冲，飞向威利的办公室。

飞毯又迅速穿过威利的办公室，钻出窗外，飞向蓝天，威利紧握飞毯，兴奋地欢呼。

不到三十分钟，他已经在巴黎上空巡行了。他的手机响了几次，是艾伯特发来的邮件。

> 巴兹尔外套上的毛来自一头五十六岁的公驴。与道格的档案完全匹配。
>
> 还发现一种不明动物的爪印。可能是树懒或熊猫，难以进一步确定。

他打开另一封邮件。

> 驴子道格非常危险。
>
> 他与韦尔·伊之特失落之城的抢劫案有关，该案件中有三名大羊驼导游死亡。
>
> 该案件与世界各地的犯罪团伙有关，尤其是俄罗斯的。

"听起来像是一头致命的驴。"威利说。

终于，威利看到了金字塔，然后看到了被脚手架围着的斯芬克斯。

边上有很多游客，所以威利飞到远离人群的地方，降落在一块大石头后面。他拍了两下手，地毯随即自动折叠起来，钻进了他的口袋。

他拿出地图。巴兹尔在地图上画了一个十字，用于标记斯芬克斯以北位于一个大沙丘旁的一条壕沟。威利朝标记地走去，途中经过了一排售卖旅游明信片和 T 恤的摊位，以及四个耍蛇者，他们让四条眼镜蛇随着音乐摇摆。

到达沙丘时，威利停了下来。一组驴蹄印清晰可见。

"谢谢你给我留下线索。"他说道。

他跟着蹄印，沿着沙丘的一侧往上爬。爬了一段之后，他又发现了两组脚印，还有一些纵横交错的奇怪线条。这些印迹全都交织在一起——无法确定新的印迹是谁或什么东西留下的。

道格是不是已经先他一步找到匕首了？

检查印迹时，威利发现沙子里露出一块布条。他把布条扯出来，看到上面有一串数字：

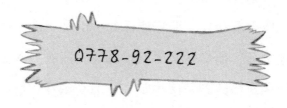

Q778-92-222

一个电话号码？威利把布条放进口袋，心想这真是一种有趣的记录方式。

他走到沙丘顶部，向另一侧下方看去。沙丘底部有一块形状奇怪的岩石——那正是巴兹尔标记十字的地方。

威利朝岩石走去，发现那不是一块石头，而是一个脑袋。

走近后，他发现那是一头驴子的头。

"把我弄出去！"驴子喘着粗气，双眼微眯。

"发生什么事了，伙计？"威利用最浓厚的澳大利亚口音问道。他确信，这头驴子一定就是道格，但他不想暴露自己的身份。

"他们把我埋在沙子里，一直埋到脖子，然后把我困在了这里。"

"哇，幸亏我从这里路过，你真幸运。"威利说，"要我报警吗？"

"不要报警！"道格说，"把我弄出去就行。我的铲子在那边的岩石边上。"

威利开始挖。"知道是谁干的吗？"

道格摇了摇头："他们……戴着面罩。"

"天哪！这听起来很吓人，"威利说着，停止了挖掘，"嘿，我怎么知道你不是罪犯呢？"

道格叹了口气："我是一名考古学家。我在寻找有价值的东西。我在这里挖了一个洞，哪知底下什么都没有。然后我抬头一看，有两个……坏蛋……在开始填洞——我还在里面呢。"

"这是为什么呢？"

"他们想绊住我。我想，他们和我在找同样的东西。"

"哇，这一定很棒，伙计。"威利一边说，一边解放了道格的胳膊。

"那可能是世界上最有价值的艺术品。"道格说。

"而它不在你挖的地方？"

"是的，但我知道下一步该去哪里试试。"

威利正要问是哪里，突然感到脚踝一阵剧痛。目光往下，他看到了先前在耍蛇者面前摇摆的那四条眼镜蛇。其中一条刚刚咬了他。

"这是非法侵入的下场。"蛇说。

眼镜蛇的毒液进入了威利的血液，他突然感到一阵头晕。他用铲子击中了眼镜蛇的头部，但其他三条眼镜蛇露出毒牙向他冲了过来。威利拍了两下手，飞毯从他的口袋里飞了出来。他爬了上去。

"嘿！"道格喊道，"那我呢？"

威利犹豫了一下。他能把道格留在那里吗？

他向道格抛出那条松软的眼镜蛇尸体："抓住。"

道格抓住了蛇的另一端。

"抓紧！"威利一边说，一边向前移动飞毯，把道格从洞里猛地拉了出来。

那三条眼镜蛇扑向道格。

"再见，你们这些讨厌的家伙。"道格咆哮道，

抓住飞毯的边缘爬了上去。威利刚甩掉蛇，他们就已飞到大金字塔上空了。

"很抱歉，我不得不这么做。"道格说。

"做什么？"威利问。

"你肯定不是什么澳大利亚游客，"道格说，"你竟然有这样的工具。还好我总带着一把备用铲子。"

道格拿起铲子狠狠地打向威利，并把他从飞毯上推了下去。

大金字塔

威利睁开眼睛，抬头看向天空。他昏过去多久了？太阳高高挂在天空——已经过了中午。

他的脑袋嗡嗡作响，被蛇咬伤的腿动弹不得。他从上衣口袋中拿出探险家装备，喝了一大口艾伯特给他的解药。解药的效果立竿见影，他松了一口气，坐了起来。

环顾四周，他发现自己落在了吉萨大金字塔的顶部。动物不允许爬上金字塔，所以，蛇不会来这里找他。

他试着吹口哨召唤飞毯，但是飞毯没有出现。

接下来，他打电话给艾伯特，向他简单说明

了情况。

　　"所以，道格确实是个无赖。"艾伯特说。

　　"对，不过听起来，想把他活埋的动物更残忍，"威利说，"我想知道他们是谁，还有他们是如何拿到那个谜语的。"

　　"你有主意了吗?"艾伯特问。

"我找到了一条线索，它是写在布条上的一串数字，就在我找到道格的地方附近。"

威利把布条举到屏幕前。

"可能那是缺了几个数字的电话号码吧。"艾伯特说。

"我也是那么想的，"威利说，"智能电脑能推算出缺失的数字吗？"

"可能吧，"艾伯特说，"我会把它放到解密软件里运行一下。交给我吧。"

"谢了。"威利说，"关于那把匕首，你能告诉我更多信息吗？我知道它很值钱，但为什么会有这么多动物决意要得到它？"

"好吧，"艾伯特说，"我整理一份美尼斯的档案给你。这样，你就会明白这把匕首为什么如此出名了。"

"还有最后一件事，"威利说，"你知道飞毯……"

"威利！你都干了什么？"艾伯特大喊着打

断他。

"没干什么……"威利说,"但我已经把它弄
丢了,我吹口哨召唤它时,它不是应该回来吗?"

艾伯特皱着眉头说:"是的,它的有效距离
有几千英里。当然,除非它处在一个完全隔音的
地方。"

"好的,谢谢。"威利说,"我要挂啦。"他挂
断了电话,艾伯特完全没有抗议的机会。

然后,威利打电话给了巴兹尔。威利看到巴
兹尔的一侧下巴,听到他在喃喃自语:"这接通
了吗?"然后,水牛终于出现在屏幕上,并声称:
"这是我第一次打视频电话。多么令人激动啊!"

"我得长话短说，"威利说，"匕首不在你所想的地方。我不得不到更远的地方去找。"

"真的吗？"巴兹尔垂头丧气地说，"之前我认定它会在那里。"

"你不是唯一一个这么想的，"威利说，"道格也弄错地方了。另外几个同样如此。"

"另外几个？"

"是的，"威利补充道，"恐怕还有其他动物在寻找匕首的踪迹，我想他们雇用了一群蛇来帮助他们。"

"蛇？"巴兹尔说道。

"你知道他们会是谁吗？"威利问。

"不。"巴兹尔摇着头说。

"或者，他们接下来可能会去哪里寻找匕首？"

巴兹尔又摇了摇头。"这太糟糕了，狐狸先生，我一点儿忙都帮不上。"

"别担心。我很快会找到答案，到时再联系你。"威利结束了通话。

匕首在哪里呢？威利感到疑惑。

"谜语是用英语写的。'找到狮子的身体，并向前走'，"威利喃喃自语，重复着谜语的第一行，"向前，一颗头。①"

如果不是向前走，而是走到一颗头上呢？爬到斯芬克斯的头上！

他拿出手机，打开双筒望远镜应用程序，更仔细地观察斯芬克斯。雕像周围的脚手架把它的头部遮住了，但是他看到了狮身两爪之间的沙地上有一串驴蹄印。难道道格把飞毯停在斯芬克斯上了？

威利以最快的速度爬下金字塔，跑向那座巨大的雕像。现在已经是傍晚了，周围几乎没有什么游客。

他环顾四周，看看是否有导游或警卫，他们似乎都回家了，所以，他迅速来到了脚手架后面。

———————————

① "向前"的英语是"ahead"，"一颗头"的英语是"a head"。

32

他爬上一根脚手架杆子，跳上了一块横跨斯芬克斯背部的木板。

那里有一块狭窄的木板通向斯芬克斯的颈部和头部，威利在这块木板上看到了更多淡淡的脚印。这次不仅有驴子的，还有蛇的爬行痕迹……

等等，那是狐狸的爪印吗？应该不是。

威利想知道，当他落在金字塔顶部时，是否撞到了头部，那时他有没有看到什么？

还有两条波浪线——不知是谁似乎试图把脚印擦掉而留下的。

"我想我来对地方了，"威利喃喃自语，"他们现在都在哪儿呢？"

他四下张望。他能感觉到什么。他感受到了温度的变化。有风。风是从哪儿吹来的？他伸出手，感觉自己的手掌在变冷。空气从某处升起。

他跪了下来，以便能够接触到斯芬克斯的头。一块正方形的石头是松动的。

道格在斯芬克斯里面吗？

他试着把松动的石头抬起来，但石头纹丝不动，所以，他又试着往下推。这一下，斯芬克斯的脖子变成了一段台阶，通向它背部的一个洞。

"'我的武器沉睡于沙漠之床'，"威利嘴里念着谜语的第二行，"看起来，马上要转入地下了。"

"哦，不，你错了。"一个声音说。

两个动物从一块防水油布后面走了出来。

"裘力斯！"威利说，"警侦组在埃及做什么呢？"

侦探斗牛犬裘力斯和中级警长松鼠西比尔在警侦组工作。

"我要问你几个问题，狐狸，"裘力斯说，"你可以先回答这个：我为什么不以毁坏世界著名文物雕像的罪名逮捕你？"

"让他休息一下，警官，"西比尔说，"我们刚刚花了半个小时试图弄清楚要如何进去。"

"我……我知道该怎么做，"裘力斯怒气冲冲地说，"我只是想……给你一个表现的机会，西比尔。"

"在刚过去的十分钟内，你的头一直卡在斯芬克斯的左侧鼻孔中，"西比尔说，"但威利只花了几分钟就找到了进去的路。逮捕他不公平。"

"哼！好吧。告诉我们，你到底在这里做什

么?"裘力斯一边问,一边把脸贴在威利的脸上。

威利微笑着说道:"度假。"

裘力斯哼了一声,西比尔大笑起来。

"你这辈子从来没有度过假,威利。"她说。

"我知道,所以我想看看度假是怎么回事,"威利说,"而且,我知道度假为什么受欢迎了,原来你会遇到这么多有趣的新动物……"

"你在侦查案件,"裘力斯喊道,"别怪我没有警告你!最好别是我们的案件,

否则你会有大麻烦的。"

"那就告诉我，你们在查什么案件。"威利说。

"绝对不行，"裘力斯说，"这是顶级机密。"

"不会和一头驴子有关吧？"威利问。

裘力斯一脸困惑，摇了摇头："什么驴子？"

"或者是一把价值连城的匕首？"威利问。

裘力斯又摇了摇头。

威利看着西比尔，她也耸耸肩说："没有什么匕首。"

"嗯……"威利说，"但你要抓的罪犯就在斯芬克斯里。"

"我们不确定，"西比尔说，"这是他们的最后一个已知据点。今天早上，他们用手机打了个电话，然后……"

"够了，西比尔，"裘力斯咆哮道，"他知道的已经太多了。听着，狐狸，你就待在这里。"他转过身面朝西比尔，说道："西比尔，你需要和我一起完成我们的调查。随时跟在我身后，并确保狐狸威利没有跟着我们，否则……"

"他走了，警官。"西比尔说。

"什么？"裘力斯说着，转过身来。

"他走了。"西比尔重复道。

裘力斯看着威利匆匆走下台阶，消失在了黑暗中。

"该死的狐狸！"裘力斯咆哮着，在威利身后气得直跺脚。

流沙的挑战

威利、裘力斯和西比尔先后走下台阶，最后来到了一间巨大的石室。光线从他们进入斯芬克斯的洞口照了进来。他们看到地上有动物的脚印，在细沙地面上纵横交错。小小的黑色圣甲虫来回穿梭。其中一面墙上，有一幅巨大的埃及法老画像。石室的另一边，有一扇小门。

威利走过去仔细看了看那幅画。法老——一头看起来很高贵的骆驼——手上拿着什么东西。他的两侧有两头狼，正捂着肚子。

西比尔过来看了看，问："这匹骆驼是谁？"

"美尼斯。"威利指着那幅画右上角的一排象形文字说。

"美尼斯是谁?"西比尔问。

"一位埃及法老。"威利说,"我在寻找他的一样东西。"

"是你刚才提到的那把匕首吗?"西比尔问。

威利点了点头,说:"他可能把它藏在这里了。"

西比尔笑了。"我就说你不是在度假。"她眯

起眼睛看那幅画，"所以，他手里拿的就是那把
匕首？"

威利仔细看着，说道："有可能。只是很奇
怪……"

"什么？"

"你会像那样握着匕首的刀刃吗？"

"哦，对呀。"西比尔说。

画中的美尼斯手持匕首的刀刃，将刀柄指向
天空。

"那样不会受伤吗？"威利嘀咕着。

"我想会的，"西比尔说，"如果很锋利，可以
轻易杀死他们。"她指着画中法老身边抱着肚子

的狼。

威利拍下了这幅画的照片，并发送给艾伯特。与此同时，他听到身后传来一声惨叫。

西比尔和威利转过身来，看见裘力斯被沙子埋到了腰部。

"我在下沉，"裘力斯咆哮道，"把我弄出去！"

"坚持一下，老大！我来了！"西比尔说。

她小心翼翼地移动着，试图找出结实的沙地

和流沙之间的分界。

"别磨磨蹭蹭了!"裘力斯叫道,这时流沙已经埋到他的脖子了。

西比尔的脚开始下沉,她猛地将其抽回。"完全做不到啊!"她叫道,"流沙也会把我们吸进去的。"

"这是个陷阱。"威利说。

裘力斯的头陷进了沙子里,他的咆哮声随之中断。

"他快死了!"西比尔惊叫。

"这样吧,"威利说,"抓住我的手,把我放下去。"

西比尔紧紧握住威利的手,把他放到流沙里。

"当我拽两次时,就把我拉出来。"

"威利,等……等等……"西比尔结结巴巴地说。

但为时已晚。威利的身子几乎完全被流沙吞没,只露出了胳膊。他用脚去够裘力斯,但什么都没有碰到。他转过身来，左踢右踢。

威利感到自己快要窒息了。他的时间不多了，但他需要再往下一点儿去寻找裘力斯。他放开了西比尔的一只手，往更深的地方探寻。

还是没有碰到裘力斯。

威利感到一阵愤怒和绝望。虽然裘力斯让他抓狂，但他不想让裘力斯死。他不会让这种事发生的。

他探寻得更远，只有一根手指还和西比尔相连。

他终于感觉碰到什么了。他用脚趾勾住裘力斯使劲往回拉，而裘力斯在厚厚的沙子里几乎没有动弹。所以，他只能更用力地拉，最后成功地用两只脚勾住了裘力斯的脖子。

现在该上去了。威利拽了拽西比尔的手。她能感觉到吗？他又拽了一下。

西比尔开始把他，还有失去知觉的裘力斯一起从沙子里往上拖。

"你真是疯了，威利。"西比尔一边说，一边

检查着裴力斯的脉搏。

威利擦去鼻子和耳朵里的沙子，问："他还活着吗？"

西比尔点了点头说："他可能会昏迷一段时间。"

"太好了，"威利说着站了起来，"这给了我们解决问题的时间。"

"解决什么问题？"

"首先，我们要怎么活着穿过这个房间。"

"对。"

"第二，道格和其他家伙怎样了？他们穿过流沙了吗？"

"道格是谁？"

"第三，"威利没有理会西比尔的问题，继续说，"为什么这里设了这么多保护措施？我的意思是，如果美尼斯真的把他的匕首藏在这里，为什么要杀死所有寻找匕首的冒险者呢？"

"我猜他很喜欢自己的匕首。"西比尔说。

"也许吧。或许这不仅仅是一把匕首，"威利说，"它可能是某种更强大的东西。我们必须率先找到它。"

"我们？威利……我在查别的案件……"

威利在流沙边缘来回转。"你先帮我解决我的问题，然后，我也会帮你解决你的问题。嘿，看看这个。"

他指着一行特别古怪的动物脚印。

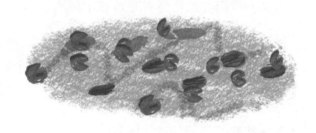

"裘力斯在踏入流沙之前一定是在看这些，"威利说，"那些是他自己的爪印。"

"而这些是驴蹄。"西比尔说，"你提到过一头驴，对吗？"

威利看了看道格的蹄印旁边那些模糊的痕迹，

便立刻想起在外面的脚手架上见过的同样的痕迹。与此同时，他的脑海中浮现出了蛇在沙丘上滑行的画面。

"我想到了一种可能。"威利说，"有两组罪犯从这里经过。第一组有三个动物——两个哺乳动物和一条蛇。蛇跟在两个哺乳动物的后面。为什么这么说呢？因为蛇爬过后，前面两个动物的脚印被抹掉了。"

"嗯，聪明。"西比尔说。

"几个小时后，驴子道格来了，"威利说，"据我所知，他是单独行动的。第一组罪犯试图用活埋来拖住他。但道格逃出来了，而且赶了上来。"

"看起来，他们中有几个成功通过了流沙。"西比尔说。

她指向房间另一边的门。门框周围有模糊的痕迹。威利拿出手机，打开双筒望远镜应用程序。

"看起来他们全都成功了。"威利说，"我猜道格是乘飞毯过去的，那第一组成员呢？"

"等等……飞毯?"

"那是我的一个工具,落入了坏蛋之手,"威利说,"但第一组肯定使用了不同的方法。"

威利又研究起那些沙子。圣甲虫仍在来回穿梭。

"没有办法绕过去,也没有办法越过去。"西比尔看着墙壁和天花板说道。

然后,威利又看了看那些圣甲虫。"等等!看那些圣甲虫。"

"他们怎么了?"西比尔问。

"他们没有沉下去。"威利说。

"他们一定知道安全通过的路线。"西比尔轻声说。

威利沿着圣甲虫走过的路,缓慢而小心地踩在沙子上。

"你过来吗?"威利转身问道。

西比尔瞥了一眼在角落里酣睡的裘力斯。

"也许,我应该和我的老大待在一起。"她说。

"好玩的事在这边。"威利指着前面说。

西比尔笑了笑，跟着威利穿越了沙地。

"探险时间到。"当他们到达另一边的门时，

威利说道。

西比尔要被解雇

威利和西比尔穿过一条狭窄的通道，来到了另一间石室。

这间要小一些，中央有一座巨大的美尼斯雕像，雕像前面有一口巨大的井，看起来就像许愿井。

威利走向雕像，仔细检查。

美尼斯手里拿着一口大锅，锅的侧面画着一只蝎子、一条眼镜蛇和一只蜘蛛。

与此同时，威利听到自己的电话响了。多亏了艾伯特上个月安装的增强芯片，手机信号很好。他把手伸进口袋，掏出了手机。有一封艾伯特发来的邮件。

　　威利浏览着关于美尼斯和他的匕首的邮件，并把主要内容念给西比尔听。

　　"美尼斯的匕首在父子间代代相传，最后在乌瑟卡夫统治时期失踪了。也许他们就是在那时建造了这个地方……"

　　"也许吧。"西比尔说着，朝井边走去。

"如果美尼斯佩戴着他的神奇匕首，他只需用手指指向敌人，敌人就会当场死去。"威利念道，"但那是不可能的……"他补充道。他又看了一眼美尼斯的雕像。"悄无声息，进行上百万次切割，由内向外，切碎你的内脏……"他重复着这些话。

然后，他睁大了眼睛。"西比尔，我确信这不是匕首。"

"是吗……"她一边说，一边凝视井下。

"想想那幅画。两只狼捂着自己的肚子。他们'由内向外'地死去。美尼斯抓着匕首的刀刃——就好像那是个瓶子一样。"

"你在想什么?"她问道。

"我觉得那是毒药，"威利说，"看看这座雕像，他手里拿着一口锅。锅子侧面的符号是什么? 蝎子、蜘蛛、眼镜蛇，这些都是有毒的。也许毒药里就有这些动物的毒液。

"有道理。"

"艾伯特说，美尼斯只需指向他的敌人，就能让他们死去。这种事不可能是真的。除非美尼斯能预判他们将在何时倒下。假如，他在他们的晚餐中下了毒……最后，有件事从一开始就困扰着我。为什么每个动物都这么在乎这把匕首？甚至愿意为此冒生命危险。如果这是一种致命的毒药，那么一群危险的罪犯想要得到它就不足为奇了。这是一个重磅武器。"

"哦，不，"西比尔似乎还想起了什么，说，"我想你可能是对的。"

"我也觉得我可能是对的。但是，他们是谁呢？这些罪犯是谁？"

西比尔陷入了沉默，她不敢看威利的眼睛。

与此同时，威利给艾伯特发了信息。

关于布条上数字的调查，有进展吗？

发信息时，他听到西比尔说："威利，我想我们必须跳下这口井。这是离开这里的唯一途径。"

"好吧。"威利嘟哝道，再次确认了一遍邮件内容，然后按了"发送"按钮。

突然，西比尔发出一声尖叫。

威利跑到井边，看到西比尔仅靠手指挂在井的边缘。在她身下，圆形刀片来回旋转，长矛不停地从井壁中射出。

"我坚持不住了！"西比尔喊道。

就在西比尔坠落的瞬间，威利试图去抓住她的手臂，没有成功。她掉了下去，但她抓住了井壁上突出的部分，停在第一个"嗖嗖"掠过的刀片上方一点点的位置。

"威利，这块石头马上要掉了，"西比尔惊恐的声音在井内回荡，"我会被切成碎片的。"

"坚持住！"威利喊道，"我来想办法！"

他抬头看了看房间，美尼斯的雕像正怒视着他。

"好吧，"威利说，"你必须相信我。当我说'现在'的时候，你就把自己紧贴在墙上——贴得

越紧越好。"

"好……好吧，"西比尔急促地喘息着说，"但要赶紧啊。"

威利站在雕像后面，用最大的力气推它。雕像轻轻晃动了一下。

"我在往下滑。"西比尔说。

"快了！"威利说，他又推了一下雕像。刺耳的刀片声似乎越来越响。

"没用的，威利，我快抓不住了。"

雕像没有移动。是时候做最后一次尝试了。威利跑到房间的边缘，对着雕像皱起了眉头。他站在雕像十米开外的地方，这个助跑距离已经足够长了。他准备使出他最隐秘、最致命的功夫招数。

西比尔大吼："威利！"

威利喊道："现在！"

他连做了三次后空翻，最后在空中翻出一个筋斗，双脚铆（mǎo）足劲踢向雕像的头部。

雕像向前倒去，掉进了井里。

它呼啸着从西比尔身后擦过——离她就差几毫米，然后沿着井道坠落，一路砸过剑、矛、锯子和刀片。

雕像坠落时，刀片仍在不断地切割，雕像的边缘和侧面都被刮掉了。

落至井底时，雕像已经被粉碎成砾石和粉末，而此时刀片也都已经停了下来。

"真是大难不死啊。"威利松了口气。他对西比尔喊道："我来接你。"

威利脱下外套，用来当作降落伞，他跳下井，在下降过程中抓住了西比尔。"嗖"的一声，他们轻轻地降落至井底。

"有什么东西坏了吗？"威利问。

"只有那座雕像，"西比尔说，"你知道那是一件无价之宝吗？"

"知道！但我也是无价的，"威利说，"现在，我们在哪儿？"

又是一间巨大的石室。他们环视一圈，发现除了他们下来的井道，似乎没有其他出入口了。墙上挂着更多美尼斯的画像。脚下依然是沙地，但这次沙地上布满了脚印。

"这里发生了什么？"西比尔低声说道。

威利发现了驴子的脚印，从三块破碎的金属那里，一直向远处延伸。周围的沙地上有几处血迹。

"那是我的飞毯。"威利盯着那些金属块说，

"看起来，道格是靠它躲过了井里刀片的袭击。他似乎保住了一命，而我的飞毯被毁了。"

西比尔跪下来查看。"这里至少有三种动物的脚印。他们是怎么活着来到井下的？"

威利发现，有一个小小的石头按钮从沙地里突出来，就在洞口的正下方。这个按钮可以控制那些武器吗？他跳上按钮，井里的刀在他们上方叮当作响。他再次跳上去，上方的动静便停了下来。

"哇哦，"威利说，"从井口成功下来的家伙都发现了这个。他们要么是在井口远程控制了这个按钮，要么就是让其中一个在井底操作这个按钮的。"

西比尔点了点头，又看了看地上的脚印。

"这些罪犯太聪明了，"威利喃喃自语道，"我所知道的动物中，只有两个能破解这样的谜题——所罗门和克拉拉。所罗门是一只古怪的白鼬，三年前死于一场反常的悬挂滑翔机事故。而狐狸克拉拉，我们一年前就把她关进了监狱。"

"嗯……"西比尔叹了口气，她不敢和威利对视。

威利弯下腰，看着那些脚印。"又是驴子和蛇，但这次还有别的。看，蛇并没有把所有痕迹都擦干净。"

在靠近一面墙的地方有一个很大的爪印。威利看了看它的大小和形状。这个动物至少有两米高。他记得艾伯特说过，偷走巴兹尔公文包的是熊猫、树懒或类似的动物。这会是那个家伙吗？

这个爪印比树懒的还要大，看起来像一头熊的……

就在那一刻，他想起了自己之前经手过的一起非常著名的案件——发生在巴黎的美术馆盗窃案，他的脑海中浮现出了这个案件的所有资料。他想起了此案中帮助威利侦探学校的校友克拉拉组装巨型鱼雷的俄罗斯熊迪米特里。

是迪米特里偷走了巴兹尔的公文包吗？他现在在这里吗？

克拉拉也在这里吗？

她不可能在这里。她被关在戒备森严的格林岛上阴森峡谷监狱内一间幽深、黑暗的牢房里。

或者说，就是她……

他从口袋里掏出那块布条。

Q778-92-222

当然！这不是一个电话号码，而是从囚犯服上撕下来的囚犯编号。

他给艾伯特打了电话。"艾伯特，那个号码——不是电话号码，我想应该是囚犯编号。你能查一下克拉拉的囚犯编号吗？"

"什么？"艾伯特回答，"克拉拉的囚犯编号？你要干吗？"

此时威利注意到了站在房间另一边的西比尔。她直直地盯着威利，脸上带着愧疚的表情。

"没关系，艾伯特，别担心，"威利说，"我想我能在这里找到答案。"威利走到西比尔站的地方。

"我本想告诉你的，"西比尔说，"你知道我总是把一切都告诉你。但这次我不能。"

"为什么？"威利咬牙问。

"我老大彻底搞砸了这件事。"西比尔说，"如果我告诉你，他会杀了我的。"

"继续说。"

"昨天早上，克拉拉所在的监狱请求紧急移交，"西比尔说，"她绑架了监狱图书管理员休伯特——一只神经高度紧张的仓鼠——她抓住他的脚踝，把他倒吊在窗外。虽然大家设法阻止了她把休伯特扔下去，但那之后他们决定，无论如何也要把她转移到黑石岛监狱，那里所有的工作人员都是机器人。裘力斯认为她在密谋些什么，所以他决定亲自负责转移克拉拉。坐在押运车后部的只有我、裘力斯和克拉拉。然而，这头熊和他的同伙已设下埋伏。他们把她救走了，还把我们打了一顿。现在，裘力斯想要找到克拉拉，他不想让警侦组里知道他搞砸了。"

"有点儿晚了。"威利说。

"他认为，如果我们找到了她，我们至少可以说，我们成功阻止了她逃跑，并将她带了回来。"

"裘力斯是无法把她带回来的，"威利咆哮道，"和他相比，克拉拉太聪明了。"

"我们一路跟着她的足迹。"西比尔说，"但你是对的。如果不是你想起来她有多么喜欢她的海雀玩偶，她上次可能就把这个世界给炸毁了。"

"我之前打败了她，"威利说，"并且也将再次打败她。"

"我会帮助你的，"西比尔回答道，眼里流露出坚定的神情，"不管你是否接受。"

"好吧。那你调查下他们是怎么离开这个房间的。我得向巴兹尔讨教些问题。"

威利给巴兹尔打了电话，快速介绍了这里发生的事情。

"所以，你认为是迪米特里帮助道格偷走了我的公文包？但这是为什么？"巴兹尔问。

"到目前为止，这还只是我的一个猜测。"威利说，"但我想是道格告诉他的老客户，他有一把珍贵的匕首要卖。他甚至可能还提到了美尼斯。迪米特里是一位古董商，所以他很清楚美尼斯的武器值多少钱。他可能是在那个时候找到了克拉拉，也可能他本来就已经决定要把克拉拉弄出来。

我不确定。"

"我明白了,"巴兹尔说,"但这个克拉拉为什么想要这把匕首?"

"嗯,那是另一回事了,"威利说,"这把匕首有没有可能是……其他东西?比如一种强力毒药。"

巴兹尔陷入了沉默。

"巴兹尔,你在吗?"威利问道。

"在的,在的,我只是在思考……"巴兹尔说。

"好吧,快一点儿,我要抓住那只狐狸。"

"你的思路可能是对的,"巴兹尔说,"矛或匕首的象形文字与毒药非常相似。还有那些图片……我想我们一直以为美尼斯拿着的是一把刀,但鉴于他所杀死的动物数量和他们的死亡方式,那可能是……"

"什么?"

"埃及祭司制作木

乃伊时，总是在黄金棺的盖子周围放上强力毒药。那些维多利亚时代的探险家打开木乃伊的棺材后都死了，你听说过吗？"

"听过。"

"好吧，我们现在知道了，这是因为他们接触了棺盖上的毒药。这种毒药威力巨大，数千年后仍然致命。也许就是美尼斯发明了这种致命的毒药，并将其储存在一个秘密的坟墓里。"

"我打赌克拉拉已经想到了。"威利说。

"不，不，"巴兹尔说，"她不可能想到，不可能。那必须是有史以来最聪明的动物才能做到。"

"是的，"威利说，"她就是。"

当威利说出"她"这个字时，一声震耳欲聋的尖叫传来。

"我得挂了，"威利说，"这起案件真的很惊心动魄。"

道格死里逃生

威利和西比尔四下奔跑，试图弄清楚尖叫声的来源。

接着又传来一声稍轻一点儿的尖叫，然后周围归于沉寂。

"看！"威利指着远处墙上的一个方洞，他们之前没有注意到它。

威利和西比尔爬到那里，发现那是另一条隧道的入口。他们手脚并用在里面爬行时，听到了一声呻吟。

"是一头驴子在叫，"威利说，"一定是道格！"

他们加快速度，最后进入了一间巨大的圆形

房间，这里足有之前房间的十倍大。

数百个木乃伊沿着墙壁排列。一些放在闪闪发光的金棺里，另一些被打开了，露出裹着绷带的动物。但是没有任何生命的迹象。

"也许那不是道格的声音。"西比尔说。

"我们四处看看，"威利说，"但要小心。如果克拉拉在这里，什么事情都可能发生。"

威利更仔细地查看这些木乃伊，他发现每具木乃伊的脚下都有一段象形文字。他拿出他的象形文字书，进行解码。

如果你动了我们的珍贵宝藏，

我们将不惜一切取你性命。

只有美尼斯和他的继任者，

才能拥有这毒药。

"看来，那确实是毒药，"西比尔说，"这些家伙是被派到这里来保护它的。可他们也不会反抗啊。"

"也许他们会的。"威利说，他发现有东西正从其中一个棺材的边缘流下来。"巴兹尔说，埃及棺盖周围都是毒药。"

他闻到了那个黏稠液体的味道。他的胃立刻开始翻滚，他感到非常不舒服。他以最快的速度后退，大口大口地喘着粗气。

"西比尔，不要碰任何东西。"他喘息着说。

当他的胃平静下来后，威利巡视墓室的其他地方，寻找克拉拉或道格——或者那瓶毒药的踪迹。

有个木乃伊棺材里什么都没有。但它的前面有蹄印，并且蛇留下的螺旋形痕迹又出现了。

这很奇怪，威利想。

就在这时，呻吟声再次响起，西比尔尖叫起来。威利快速转过身，看到西比尔正后方的木乃伊正在移动。

它蹒跚着走向西比尔，双臂张开。西比尔拔出警棍，高举起来准备出击。

"不，西比尔！住手！"威利喊道。

木乃伊又跟跟跄跄地走了几步，然后倒下了。

西比尔放下警棍，威利扯下木乃伊脸上的绷带。

是驴子道格。"谢谢。"道格低声说道。

"哇，"西比尔说，"我差点儿杀了你。"

道格惨笑着说："没关系，今天想杀我的不差你一个。"

"告诉我们发生了什么。"威利问。

"东西不在了，"道格说，"他们把它拿走了。"

"什么不在了？"西比尔问道。

"药瓶。"道格叹了口气说。

"是谁拿走的？"威利问道。

"那头熊，"道格说，"他又骗了我。他带了一只狐狸和一条蛇。"

"他们为什么没直接杀了你？"威利问道。

"用绷带把我裹起来是狐狸的主意，"道格说，"这似乎令她很开心。她说那样我会死得更慢些。"

"好吧。那么这里到底发生了什么？"西比尔问道。

"我一路跟着他们，但当我来到这里时，房间里没有他们的影子，"道格疲惫地说，"于是我打开棺材，寻找匕首。我找到了！只是，那不是一把匕首。"

"克拉拉想让你来打开棺材，"威利说，"她知道棺材上涂满了毒药。"

"什么？"道格问。

"你一拿起药瓶，"威利说，"她是不是就跳出来把它抢走了？"

"差不多。"道格说，"他们一直躲在暗处。但等一下，你说我中了毒。"他闭上了眼睛。

"你会没事的，"威利说，"想一想……狐狸有没有提到她要去哪里，或者她为什么想要那瓶毒药？"

道格摇了摇头。

威利想起了艾伯特给他的解药。他从口袋里掏出解药，往道格的喉咙里倒了一半。

有几秒钟的时间，什么也没发生。然后，道格叹了口气，笑了。

"哇，"他说，"我已经感觉好多了！"

"西比尔，你能不能在这里盯着道格，直到增援到来？我得去找克拉拉，必须尽快。"

西比尔点点头，说："没问题，威利。"

"道格，他们是怎么离开这里的？"威利问道。

道格朝其中一面墙上高处的一个小缺口点了点头。那里泛着黄光。

道格说："蛇把狐狸和熊吊了上去。"

可是我怎么才能够到那个地方呢？威利思考着。这时，他发现洞口上方有一块石头凸出来。于是他拿起木乃伊棺材前的一卷绷带，朝着洞口处抛去。抛第三次时，他成功地将绷带绕在了石头上。他用力一拉，绷带就固定住了。

他开始往上爬。

爬到一半时，他低头看向西比尔。她正要去解开裹在道格身上的绷带。

"如果我是你，我会让他继续绑着，"威利喊道，"他不值得信任。"

道格愤怒地看着威利，但西比尔微笑着点了点头，说："好主意。"

威利来到了洞口，爬进隧道。他沿着隧道前进，最后来到了阳光下。他的头从斯芬克斯底座的一个洞里探了出来。

他俯视外面的沙漠。克拉拉、迪米特里和一条蛇正爬上一辆沙地越野车。克拉拉回头看了看，发现威利还被困在雕像里。她咧嘴一笑，给了他一个飞吻。

然后，克拉拉启动越野车，他们飞快地离开了。

沙漠飞车

威利疯狂四顾，想寻找从斯芬克斯上爬下去的方法。就在这时，他看到另一辆沙地越野车从克拉拉后方驶来。

是裘力斯！他身上仍糊着沙土，但除此以外，他已恢复正常。

"克拉拉，"裘力斯喊道，"这次你逃不掉了！"

威利低头盯着裘力斯驾驶的沙地越野车。想要成功上车的话，他必须精准计算好何时起跳……

当裘力斯在斯芬克斯的后方急转弯时，威利跳了起来，猛地落在了裘力斯旁边的座位上。

"我想我应该顺便问候你一下。"威利说。

"我最不需要的就是搭车的!"裘力斯咆哮道。

"你不能再快一点儿吗?"威利说。他把克拉拉偷走毒药的事告诉了裘力斯。

"你应该等我一起!"裘力斯厉声说道,"都怪你把一切搞砸了。"

"我?! 这是你的烂摊子。你让克拉拉越狱了! 现在她又跑了。赶紧,快点儿!"

裘力斯加速驶向克拉拉的沙地越野车。

当他们快追上时,迪米特里爬到沙地越野车的后部,拿起一个花瓶对准裘力斯砸了过来。

花瓶没能击中目标,弹开了。

"哈! 没用的东西!"裘力斯咆哮道。

迪米特里拿起了第二个花瓶。这一次,花瓶击中了裘力斯的前额,将他当场击倒。沙地越野车偏离路线,在一个沙丘边停了下来。

"对不起,裘力斯,"威利说,"又得把你抛下了。"

　　他把裘力斯从沙地越野车里拖出来，将他搁在沙地上，然后爬上驾驶座，踩下油门。

　　不到一分钟，他就追上了克拉拉的沙地越野车。

　　迪米特里又扔出了一个花瓶，但威利突然转向，花瓶"砰"的一声砸进了沙子里。

　　克拉拉向左转，沙地越野车开始往一个巨大的沙丘上爬。迪米特里再次朝威利扔出了一个花瓶，但又没击中。他沮丧地大叫一声，扑到了威利的沙地越野车引擎盖上。威利左转右转，试图

把他甩掉，但迪米特里抓得很紧，甚至还越过挡风玻璃，用他巨大的爪子掐住了威利的喉咙。沙地越野车一路奔驰，两个动物在上面激烈地搏斗着。威利向右猛打一个急转弯，沙地越野车侧翻了过来。与此同时，他按下了打开后备厢的按钮。

威利和迪米特里都滚到了沙丘底部，跟着他们一起滚下来的还有后备厢里的东西——一个备胎、一个汽车千斤顶和一捆绳子。

威利的大脑飞快运转。他站起身飞快拿起轮胎，套到迪米特里的头上猛地往下拉，这样熊的手臂就被固定在身体两侧了。可是熊还在拼命挣扎，威利就用绳子把他的腿紧紧地绑在了一起。

迪米特里瞪了威利一眼，龇牙咧嘴地说："放开我。"

"可以，"威利说，"但是你得先回答我的问题。你为什么要帮克拉拉越狱？"

迪米特里摇了摇头，什么也没有说。

"好吧，"威利说，"享受这阳光吧。我想你能在这大热天里活上两个小时。"他准备走开，迪米特里试图站起来，却摔倒了，然后他说："好吧，好吧，我告诉你。"

威利走了回来。

"我和道格偷走公文包后，"迪米特里说，"我给谜语拍了照片，并把这件事告诉了克拉拉。"

"为什么?"

"她一直在等待复仇的时机，我知道美尼斯是她的偶像之一。克拉拉立刻就发现这个谜语不是关于匕首的。一个小时后，我收到了她发来的一个加密的视频文件。

她强迫监狱的图书管理员录了视频。视频里她说，这个谜语是关于一种能够改变世界的毒药。她告诉我，她已经制定了一个计划，并确定了会面地点。"

"那么蛇是怎么卷入其中的呢?"

"解开我，我就会告诉你。"迪米特里说着，再次挣扎。

威利摇了摇头说:"还没到时候。"

迪米特里咆哮了一声,然后说:"好吧,那也是克拉拉的主意。她知道蛇对金字塔很熟悉。"

"她知道毒药在斯芬克斯里面吗?"

"当然,"迪米特里说,"她说谜语里讲得很清楚。"

"那你们为什么要去道格正在挖的壕沟那里呢?"

"她怕他碍事,"迪米特里说,"她知道他会找错地方。所以我们先找到他,把他埋了。"

"这我知道,"威利说,"是我救了他。所以,最后一个问题,她要用毒药做什么?"

"我不知道。"迪米特里耸耸肩说。

"得了吧,迪米特里,"威利说,"她一定告诉了你什么。"

迪米特里摇了摇头,笑了笑说:"她说需要我知道的才会告诉我,而那个我不需要知道。"

　　威利翻了翻熊的口袋，找到了一张标有数字的美国地图和一本记录大西洋和太平洋潮汐时间的书。

　　"那么，这些是用来干什么的呢？"

　　迪米特里耸耸肩。"她把它们交给我保管，"他说，"但是她没有告诉我它们的用途。"

　　"她什么也没告诉你？包括你们下一步要去哪里？"

　　威利拿出了那张美国地图。

　　"她说她想在世界上最大的舞台上表演，"迪米特里回答说，"当然，我认为她指的是俄罗斯。"

威利把地图放进了自己的口袋里。与此同时，他看到裘力斯正沿着沙丘往这边走，踩着沉重的脚步，一脸的愤怒。

"我想你有客人来访，"威利说着，把沙地越野车扶正并爬了进去，"他看起来怒火中烧，"威利补充道，"我最好赶紧离开。"

他开着车呼啸而去，将裘力斯和迪米特里留在了飞扬的沙尘中。

飞机偷渡客

半个小时后，沙地越野车在一条长长的飞机跑道旁停下。

这里是开罗机场。

威利必须赶到美国，必须尽快。克拉拉想在全世界最大的舞台上表演，她给了迪米特里一张美国的河流地图。她一定是在计划毒害美国的某个重要角色或是某个东西。

跑道的一端，停着一架大型货机，穿着蓝色连体工作服的臭鼬正在将木箱推上装载坡道。

威利打开手机上的"航班查询"应用程序，扫描了机翼上的号码。应用程序中显示了如下航

班信息：

目的地：美国旧金山

出发时间：晚上 7 点 30 分

完美！飞机五分钟后就起飞。

一只臭鼬小步快速跑下装载坡道，向飞行员挥手示意可以关闭货舱门。

"是时候办理登机手续了。"威利说着，踩下油门，将沙地越野车驶向坡道。

他开着车疯狂闯过一道金属安全围栏，沿着跑道呼啸而过。飞机后门已经开始升起，威利加快了速度。沙地越野车开始摇晃、嘎嘎作响，但威利离得还是不够近。飞行员启动了飞机发动机，飞机开始移动。突然，威利猛踩刹车，沙地越野车因惯性向前飞起，翻了个大跟头。就在装载坡道关闭之前，它"嘎吱"一声落在了坡道上。然后沙地越野车缓缓驶入了飞机的货舱。

"顺利起飞。"威利说着将身体朝后坐了坐。

飞机开始巡航后，威利给艾伯特打了一个视频电话，告诉他最新情况。"我给你发了一张照片，是我从迪米特里那里拿到的地图。上面写满

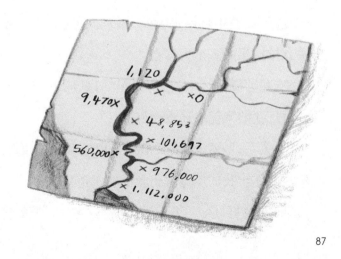

了'×'和数字。看看你能想到什么。"

"另外，我想弄清楚克拉拉可能会去哪里。"威利看着地图补充道。

"嗯，"艾伯特说，"那些'×'的位置可能是城镇。"

"我很好奇，"威利说，"那些数字代表什么呢？海拔高度？人口？"

"不，不可能，"艾伯特说，"比如那一个'×'可能标记的是苦泉镇。那里海拔约1500米，常住居民约450位。而这个'×'边上标的数字是48853。"

"这些城镇中哪座最大？"威利问道，"迪米特里说克拉拉想要一个大舞台。"

"哈瓦苏湖城，"艾伯特说，"但是那里没有机场，而且新的飞毯也还没做好。"

"没关系，"威利说，"但你可以给我寄点儿别的东西。你给我的蛇毒解药救了驴子道格的命。"

"哦，太好了，"艾伯特说，"这是一种浓缩配方，可以中和所有毒药。这是我自己发明的配方。"

"再给我寄一些，"威利说，"多多益善。"

"我马上去调制。"艾伯特说。

威利挂断了电话，又看了看地图。他需要去哈瓦苏湖城。问题是，这架飞机是飞往旧金山的，距离哈瓦苏湖城有好几英里远！他无法要求飞行员让他中途下飞机。

货舱侧门上有一扇很小的窗户。威利向外看了看，只见外面一片黑暗——他们一定是在海面上空飞行，所以他还无须着急制定脱身计划。

他的手机"嗡嗡"作响，是巴兹尔。

"谢天谢地！你还活着！"巴兹尔说，"那是毒药吗？"

"是的，"威利说，"毒药在克拉拉手里。但别担心，我会把它拿回来的。你的博物馆里将有一件令人惊叹的艺术品。"

"哦，别再担心那个了，"巴兹尔说，"听着，我有重要信息。我刚接到华盛顿史密森尼博物馆友人的电话。"

"他们说了什么？"威利问道。

"两个小时前，他们的地图馆被入侵了，"巴兹尔说，"而且非常奇怪。"

"为什么奇怪？"

"小偷只拿走了亚利桑那州的旧地图。这些地图标识了气候模式、水道以及水坝的建造地点等。"

威利的脑子飞快运转，把这些新的信息与迪米特里为克拉拉保管的地图和书联系了起来。"这很有趣。"他说道。

"还有，"巴兹尔补充道，"入侵者是一条蛇。"

"一条蛇？你确定吗？"

"确定，"巴兹尔说，"他们的摄像机拍到了。这是这座博物馆五十年来首起入侵事件，而且就在同一天，你的朋友拿走了我们的毒药。"

谢过巴兹尔后，威利挂断了电话。这可能是

个巧合，但他感觉并非如此。

克拉拉在做什么？埃及的毒药和美国的气候之间有什么联系？

他回忆起自己和克拉拉在侦探学校的时光。他们学过些什么？如果你被跟踪，要赶紧把对方甩掉；你要设置一些虚假线索，将他们引向错误的方向。难道眼前的事情就是这样的吗？克拉拉根本就没打算去美国？

在他想明白之前，他们已经飞行在陆地上空，太阳正在升起。他使用手机上的 GPS 功能来确定他们所在的位置。是时候下飞机了。就是现在。但要怎么做呢？飞机上有什么东西可用吗？

他环顾四周，看到了一排排板条箱。他打开其中一个盖子，里面是一包包茶叶和咖啡。没用。

然后他看到一个巨大的板条箱，上面覆盖着防水油布。他有了一个主意。这是一个疯狂的想法。

他扯下防水油布，将它叠起来。然后，他把

防水油布的四角绑在沙地越野车后备厢下方的边缘，然后把油布塞进后备厢。接着，他找到了控制货舱门的按钮，并按下去。门打开了，风在他的耳朵里"砰砰"作响，冷空气使他流出了眼泪。

亚利桑那州到了。

他爬上沙地越野车，启动发动机，踩下油门。

沙地越野车朝着空中飞去。

威利往下看，看到岩石和巨砾点缀着大地。河流蜿蜒地流经一个个小镇。往西，他可以看见科罗拉多河。

沙地越野车朝着沙漠坠落。离地大约一百米

时，威利猛地打开了后备厢。巨大的防水油布拍打着打开了，形成了一个巨大的降落伞。几秒钟后，沙地越野车被猛地向上一拉，然后开始慢慢地下降。

威利松了一口气。

几秒钟后，沙地越野车降落在沙漠里。威利弯下腰，解开防水油布，他已经准备好出发了。

"开启平地驾驶模式。"威利说着，迅速向前方驶去。

干渴的任务

在茫茫沙漠上，威利驾车朝着哈瓦苏湖城飞驰。这时，艾伯特发来了一条信息：

已制成更多解药。

将通过无人机派送。

"谢谢你，艾伯特。"威利自言自语，"现在我必须找到克拉拉，拿到毒药。"

威利经过一排仙人掌，接着是一块大岩石，然后是另一排仙人掌。除此之外，沙漠上没有任何植物。随着气温逐渐升高，他感到口干舌燥。

他迫切需要水。

然后他灵光一闪。水。

他把车停在路边，从口袋里掏出地图。那是科罗拉多河——所有这些画了"×"的地方都是科罗拉多河沿岸的城镇。

蛇偷走了关于河流、大坝和降雨情况的地图，迪米特里有一本关于潮汐时间的书。

克拉拉一定是计划在水里下毒。这是她会做的那种事——残忍且疯狂。

这个想法在威利的头脑中展开。如果克拉拉

在科罗拉多河投毒成功，毒液就会流入大海。到那时，毒素就会进入雨水、土壤、食物、饮料、洗澡水，进入一切。

数百万居民将会死亡。

他必须阻止她。

威利到达哈瓦苏湖城中心后，立刻把沙地越野车停在科罗拉多河旁边。他从车里跳下来，蹲在地上，用鼻子嗅着水里的气味，看看是否有任何他在斯芬克斯里闻过的气味。

没有闻到。他到得还不算太晚。

只有一个问题。科罗拉多河共有两千多千米长，克拉拉在哈瓦苏湖城只是他的猜测。如果他猜错，那么河道上需要他检查的点可就太多了。

他在水面上扫视了一番，不放过任何可疑之处。但看起来并没有什么异常——沿岸有动物在钓鱼、航行或漫步。

他戴上手机专用耳机，给艾伯特打了电话。"你能侵入警侦组的卫星吗？需要寻找河边任何可疑或不寻常之处。"

"当然可以，"艾伯特说，"说干就干。"

然后威利给西比尔打了电话。

"威利，你在哪里？"西比尔问。

"亚利桑那州，"威利说，"我需要帮助。你和裘力斯必须尽快赶到这里。带上大量警侦组增援。我觉得克拉拉正计划将毒药投入科罗拉多河。"

"威利，"西比尔为难地说，"裘力斯恨不得将你五花大绑。我不可能说服他的。"

"你一定行的。我得挂了。"威利发现远处一座桥的上方有东西在盘旋。他一边朝它跑，一边给艾伯特打去电话。

"湖的尽头有一座桥，"威利说，"我看到上面有什么东西。"

"我在卫星上看到了，"艾伯特说，"那是一架直升机。"

威利继续跑，并打开了他的双筒望远镜应用程序。

经放大，他看到有一个看起来像蛇的东西被放在了桥上，嘴里叼着东西——那会是毒药吗？威利通过耳机对艾伯特说："我想这是克拉拉的蛇。"

"直升机正要起飞。"艾伯特说。

"继续在卫星上跟踪它，"威利说，"我会阻止那条蛇的。"

蛇似乎停在了桥中央，下巴搁在桥的边缘。

威利心想：他在等克拉拉对他发布行动指示。

威利沿着河岸疾速奔跑，爬上了大桥。蛇似乎仍然叼着瓶子，等待着。汽车和巴士从两侧快速驶过。

威利必须小心。只要做错一步，蛇就会把毒药倒进水里。

就在这时，一对年迈的疣猪开始摇摇摆摆地过桥。完美。威利紧跟在他们后面。

威利看到蛇仍然叼着瓶子在等待。

疣猪的脚步似乎慢了下来。

"不，"威利低声自语，"继续走，继续走。"

他们停了下来，站在桥边看风景。与此同时，这条蛇的身体似乎在向前倾斜。

威利从疣猪后面跳了出来，以最快的速度向蛇冲去。

蛇看到威利时，把瓶子丢下。"请……"他"嘶嘶"地说，"不要伤害我！"

威利猛地撞向了蛇，和他一起摔倒在地。

"这只是一个空瓶子，"蛇结结巴巴地说，"是她让我这么做的！不然她会毒死我全家！"

威利爬起来，低头看着那条蛇。他很年轻，惊恐地睁大了眼睛。他不是克拉拉的同伙。

"没关系，"威利说，"我相信你。"

威利捡起瓶子。瓶子上用橡皮筋绑着一张纸，纸上写着：

威利，
又是全班垫底哈？
克拉拉

大结局

他怎么会这么蠢？

他们在第一节侦探课上，就学过如何通过设置诱饵来争取时间。只需使诱饵看起来部分像真的，剩下的部分目标会自己去补全。

威利一开始就认为那条蛇是克拉拉的同伙之一，所以便没有认真观察。他本应该注意到那条蛇颤颤巍巍的动作，这暗示着他在做违背自己意愿的事情。克拉拉总是快他一步。

艾伯特的声音从耳机里传过来。"你拦住那条蛇了吗，威利？"

"是的。"威利直截了当地说。

“好吧，”艾伯特说，“嗯，其实还不止这一条蛇。直升机正在往沿河的每一座桥上投放动物——蛇、黄鼠狼、狼。”

“对。”威利说。

“她没有得逞吧?”艾伯特继续问道，“解药至少还要半个小时才能送到你的身边。你必须阻止那些动物。”

时间紧迫，但威利不会贸然行动。这次，他要好好揣测对手的想法。

他告诉艾伯特，那条蛇是个诱饵。“而且我认为，其他动物中，可能还有一些是诱饵，也许全都是。她指望我再犯一次低级错误。”

他低头看了看克拉拉写的纸条。他想起在侦探学校时上过的笔记和信件分析课程。

“这些不可能都是诱饵，”艾伯特说，“她一定会在某处向水中投毒。”

威利又看了看纸条。

其实着急的不仅仅是威利，克拉拉也是。克

拉拉当时肯定很自信，因此可能会犯下某个低级错误。所以，他只需要放慢速度、仔细观察。

"威利，你能听到我说话吗？"艾伯特问。

然后他看到了纸条上有一道微弱的压印。他拿出铅笔，开始在压印部分涂上阴影。慢慢地，上面的字显现出来了。克拉拉在前一页纸上书写时，在这页纸上留下了印迹。

大峡谷。威利再次拿出地图。就是这里，这个边上标着数字"0"。

那是全世界最大的舞台。

现在，地图上数字的意思也明确了。它们表示了河流流经每座城市后，所涉及的动物数量逐次相加后的结果，也就是将被毒死的动物的总数量。

大峡谷是投毒地点，这里将不会有任何伤亡。但随着毒药流向下游，将有 1120 只动物死亡，然

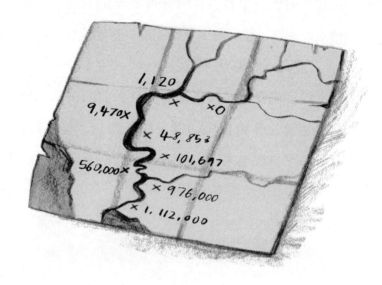

后是 9470 只，然后是 48853……

威利跑回沙地越野车，驾车呼啸着离开哈瓦苏湖城。

"别管直升机了，艾伯特，"他对着耳机说，"这是个骗局。把所有摄像头都对准大峡谷。把无人机也派往那里。让警侦组把所有特工都调到现场。克拉拉将在那里行动。"

"你怎么能这么肯定，威利？"艾伯特问。

"她犯了一个初级学员都容易犯的错误。"威利说。

大峡谷离这儿有一百多千米，威利驾驶着沙地越野车翻过山丘，越过岩石，绕过仙人掌，呼啸着穿过峡谷。

不到一个小时，他的车就停在了大峡谷的空中步道上，这是位于大峡谷西侧的观景台，底部由玻璃制成，仅延伸到大峡谷的中央位置。他跑到边缘，凝视着下方那条慵懒地流过深谷的河流，但没有看到克拉拉的踪影。

他来对地方了吗？还是他又上当了？

他竖起耳朵仔细听，然后，他听到了微弱的"咔嗒咔嗒"的声音。几秒钟后，声音变得更大了。

在峡谷的另一边，有上千条蛇从沙漠中蜂拥而出，沿着峡谷的另一侧往下滑行。

这次不是眼镜蛇，而是响尾蛇。他们从沙地的洞里滑出来，朝着河流游去。

　　游客们惊慌地逃散，但威利依旧站在原地。他看着那些蛇爬满河流两岸。他们全都露着毒牙，决意阻止任何游客靠近。

　　威利瞥了一眼他的沙地越野车。它不是最理想的，却是此刻仅有的工具了。他跳了进去，把车开到了峡谷的边缘。斜坡很陡，几乎是垂直的。

　　在对面的山脊上，他看到了另一辆沙地越野车。有个动物从里面爬了出来，是克拉拉。

　　"如果你觉得你可以阻止我，"克拉拉喊道，"那你就蠢得像那头驴一样。"

　　她拿出了那瓶毒药。

　　"那头驴没事，"威利喊道，"因为我

有解药。"

他举起他的瓶子，里面仅剩一滴解药了。
但克拉拉并不知道。

克拉拉咆哮着跳进她的沙地
越野车。然后，她把车开过峡
谷边缘，沿着陡坡径直往下冲。

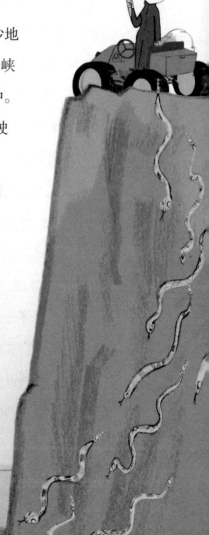

威利踩下油门，也开车驶
下陡坡。

他们在峡谷陡峭的两侧
颠簸着下行，朝着中间的河
流开去。

威利开得越来越快。

克拉拉也奉陪到底。

就在威利快到达河边
时，他踩下了刹车。于是

他从前排座位上飞了出来，猛地越过了蛇群。

克拉拉也这么做了。

他们在河流正上方相撞，掐着对方的喉咙坠入水中。

他们在水下挣扎。只要克拉拉在河里，她就无法投毒。威利必须把她留在这里，直到艾伯特的无人机送来更多的解药。

他们浮出水面呼吸空气。

威利决心诱导她不停地说话。"好吧，克拉拉，"他说，"你是怎么做到的？"

"哪一部分？"克拉拉问，"是我在半个小时内破解美尼斯的谜底？还是我成功越狱？或者是我发现了毒药，而你还在金字塔周围闲逛？"

水流正把他们推向下游。

"全部。"威利说。

"我晚点儿再告诉你，"克拉拉说，"我得先杀了你。"

他们又一次潜入水下，扭打在一起。

当他们浮出水面时，威利听到了头顶上空传来的低鸣声。无人机！

然而并不是。原来是艾伯特乘着一块飞毯赶来了。

"新飞毯终于做好了！"艾伯特说，"所以，我决定亲自把解药送来。"

威利咧嘴笑了。

克拉拉抬起头，咆哮着："我有一个惊喜给你，老朋友。"

她将胳膊从水里伸出来，对着手表说话："吉利船长！进攻！"

威利看到一个小东西从克拉拉的沙地越野车里快速弹出，飞向艾伯特。

"还记得我的旧玩具吉利船长吗？"克拉拉说，"你和你的朋友在学校里偷走的那个！你在巴黎用

来欺骗我的那个！好吧，让你见见我的吉利船长二号。"

威利抬起头来，看到有个很像克拉拉旧毛绒玩具的东西，一只背部装有火箭发射器、以手枪作为翅膀的机器海雀。它向艾伯特发射火球，艾伯特只好急忙调转方向躲避火球。

"威利！"艾伯特吓得尖叫起来。

"现在我们来对付你，我的老朋友。"克拉拉说。就在威利看到艾伯特的飞毯被火球夹击时，克拉拉把他猛推入水下。

这一次，他们搏斗了很久，似乎有几个小时那么长。他们潜入水下，然后上来吸一口气，之后再次沉入水中。

最后，克拉拉说："是时候放手了，威利。"

威利一脸困惑。

　　克拉拉举起她的手腕，上面绕着一条响尾蛇的尾巴。另一条响尾蛇的尾巴绕在第一条响尾蛇的头上。事实上，许多蛇首尾相接，组成了一根长长的链条，将克拉拉连到河岸。

她松开威利的衣领，挥了挥手。当响尾蛇开始把她拉上岸时，威利被水流猛地甩向了下游。

　　他被卷进几股急流中，正被冲向一个大瀑布。

　　威利能听到河水猛烈冲刷的轰隆声。如果他被冲下瀑布，肯定会一命呜呼。

他试图逆流游回去，但丝毫不起作用。

这时，身边传来"扑通"一声，是艾伯特的脑袋出现在了他的旁边。

"我已经尽力了，实在坚持不了了。"艾伯特喘着粗气说。

"你干得很好，老朋友，"威利喘着气回答，"你还有解药吗?"

艾伯特摇了摇头，看起来很惭愧。"我与海雀战斗时，瓶盖脱落，大部分解药都漏了出来。我设法抢下了大约四分之一。"

"嗯，"威利一边说，一边端详着艾伯特举起的瓶子，"但它的威力很大。"

"哦，是的，"艾伯特说，"这是超级浓缩

配方。"

"很好,"威利回答,"那我们还有机会。"

他们离瀑布大约有五十米远。瀑布的轰鸣声越来越响。

当他们离瀑布更近时,威利喊道:"艾伯特,抓住那块石头!"

他们身后有一块巨石。艾伯特抓住它的一边,威利紧紧抓住了另一边。

"这太滑了,威利。"艾伯特呜咽着说。

"我知道,"威利说,"再坚持三十秒。"威利

听到他们上方有声音，然后看见吉利船长已经来到他们头顶上空，嘴里叼着那瓶毒药。

克拉拉待在岸边，看起来很得意。

"你已经无能为力，威利。你可以看着我在河里下毒，然后，你和你的解药将被冲下瀑布！"

"好吧，克拉拉，你赢了！"威利说，"你在学校的表现是最好的，现在也是最好的。"

"对极了。"克拉拉喊道。

"我要被冲走了，"威利喊道，"继续吧，把毒药倒进来。把它倒在我们身上。我一点儿也不在乎了。"

"这倒是个不错的主意，"克拉拉冷笑道。她对着手表说话："吉利船长，把毒药倒进狐狸威利和他的鼹鼠朋友周围的水里，这样，他们死得最快。"

吉利船长来到他们正上方，把瓶子倒过来。闪闪发光的液体从天而降。

　　就在那一秒，威利使出所有剩余的力气将自己直接推到毒药坠落的下方。他张大嘴巴，接住了每一滴毒药并吞下了所有。

　　"什……什么？"克拉拉结结巴巴地说。

　　威利的肚子里发出嘶嘶声，眼睛鼓了起来。

　　当他被卷入急流时，他沙哑地喊着："解……解药？"艾伯特跳向威利，把那瓶解药塞进他的嘴唇间，把液体倒进了他的喉咙。

　　"不！"克拉拉号叫起来："蛇群，攻击！吉利船长，攻击！"

　　一秒钟后，大坝热闹起来。警侦组直升机呼啸着飞到了他们上空。警侦组重载车轰鸣着来到了两岸。

一张巨大的网从直升机上抛向吉利船长，吉利船长坠入了河中，溅起巨大的水花。第二张网抓住了克拉拉。

与此同时，威利和艾伯特在急流中翻滚，几乎失去了意识。

恍惚中，艾伯特感到有谁抓住了他的衣领。

威利也感到有一只手抓住了他的胳膊。

"需要搭你们一程吗？"西比尔说着，将他们从急流中拉了出来。她把他俩钩在自己的安全带上，由一架警侦组直升机将他们吊到安全区域。

艾伯特和威利对着她笑了。"大功告成。"威利说。

回到伦敦，威利来到巴兹尔的办公室。桌子上堆放着很多艺术品，有

埃及花瓶、维京珠宝等。

"对不起,我知道你想对毒药进行分析,"威利说,"但毒药已经没有了。希望这些能够弥补。"

"但这事怎么做到的?是谁拿到的?"巴兹尔结结巴巴地问。

"几十年来,克拉拉和迪米特里一直在购买和盗窃文物。警侦组没收了所有文物,"威利说,"现在,它们属于大英博物馆。"

巴兹尔拿起其中一个手镯,说:"这是开罗水晶。几个世纪前,它就从埃及失踪了。"他指着一把银剑,说:"这是宙斯的长矛!"他补充道:"我们一直不确定它是否真的存在。"

"这些比一瓶毒药好,对吗?"

"你的破案时间真的破纪录了,狐狸先生,"巴兹尔说道,"博物馆该怎么报答你呢?"

"不需要。"威利微笑着说。

"我们可以设置一个展室,向你致敬!"巴兹尔喊道,"狐狸威利之翼!"

威利摇摇头。"我可不想出风头，"他说道，"另外……"他眨了下眼，"我还没有成为历史呢！"